飞花轻似梦

金缕曲百阙

高德林◎著

人民日报出版社

北京

图书在版编目（CIP）数据

飞花轻似梦 / 高德林著．—北京：人民日报出版
社，2022.12
ISBN 978-7-5115-7642-2

Ⅰ．①飞…　Ⅱ．①高…　Ⅲ．①诗词－作品集－中国－
当代　Ⅳ．① I227

中国版本图书馆 CIP 数据核字（2022）第 257672 号

书　　　名：飞花轻似梦
　　　　　　FEIHUA QINGSIMENG
作　　　者：高德林

出 版 人：刘华新
责任编辑：周海燕
封面设计：元泰书装

出版发行：人民日报出版社
社　　　址：北京金台西路 2 号
邮政编码：100733
发行热线：（010）65369509　65369527　65369846　65363528
邮购热线：（010）65369530　65363527
编辑热线：（010）65369518
网　　　址：www.peopledailypress.com
经　　　销：新华书店
印　　　刷：三河市嘉科万达彩色印刷有限公司
法律顾问：北京科宇律师事务所　（010）83622312

开　　　本：880mm×1230mm　　1/32
字　　　数：85 千字
印　　　张：4.75
版　　　次：2023 年 8 月第 1 版
印　　　次：2023 年 8 月第 1 次印刷

书　　　号：978-7-5115-7642-2
定　　　价：68.00 元

▶ 作者与妻子杨宗英

▶杨宗英书　《金缕曲·大学毕业四十年同学聚会》

注：杨宗英，黑龙江省作家协会会员、书法家协会会员，省妇女书法家协会副主席。系作者高德林的妻子。

緗帙為良友覽竹帛
詩詞韻雅賦章文秀
入眼珠璣醒醐語似
與先括話舊明月照
窗櫺剔透館闔氤氳
清氣蕩敘誦仙扶劍
一杯酒歌水調繞梁
久今朝莫道儒冠朽
歎青衿焚膏繼晷偶
得拙手瀝血嘔心襟
濡淚滿面滄桑褶皺
伏案上窮經白首弄
筆成痴功名誤細琢
磨但把金石鏤君子
意汝知否

錄高縮林詞讀書 楊宗英書

▶杨宗英书　《金缕曲·读书》

▶杨宗英书　《金缕曲·徽墨》

受命黌門　江河流汪　育根茅辛　有蕾紅風
主敬胸懷　舟放波心　勤打理盡　吹落牽留
包容萬物　憑縱浪引　心呵護幽　得桃李枝
逸思馳驚　潮流更有　闇天空驚　頭蕉實累
奉斗橫囪　千帆舞新　雷起杜宇　滿園囤
出學界一　北大衆傾　哀諦怒蹴
掃陳手宿　慕人肺世　冷雨驟恩
霧大海闊　范名實副　蔭相助縱

高德林詞金縷曲
蔡元培壬寅春
楊宗英書

►杨宗英书　《金缕曲·电视剧〈觉醒年代〉之蔡元培》

►杨宗英书　《金缕曲·电影〈掬水月在手〉》

時序催初度嘆歲流年似水古稀尤促幸
有白頭骸偕老吮墨含毫吐馥更慶壽交
觴芳醁五味雜陳一飲盡兩心知酖千秋
祝蒼狗變不足述人生好比杯中物貯年
綆甘酸酝釀苦辛淘瀝欲借濁醪抒幽懷
未待詩成淚籟醉夢醒荃蹣一惝嶠去來
兮歸何處效曹王試作登樓賦心遠寄共
雷壽　銀高德林　金縷曲七十二歲　初度　辛丑冬楊宗英書

▶杨宗英书　《金缕曲·七十二岁初度》

▶杨宗英书　《金缕曲·夕霞》

▶杨宗英书 《金缕曲·白鹭》

▶杨宗英书　《金缕曲·蝴蝶》

►杨宗英书　《金缕曲·女子花样滑冰》

► 杨宗英书 《金缕曲·习练太极拳》

我写过一点诗，也出版过一些诗集。但我的主业是从事法语语言文学的教学和研究，写诗只是个人闲暇中的业余爱好。承蒙学院同事赵国强老师、李维祥老校友和作者高德林同志的厚爱，让我来为《飞花轻似梦》一部词作写序，这可真难为我了。因为我根本就没有扎实和系统的诗歌理论基础，更不懂词这一特殊体裁，我能写出什么来呢？推了又推，想了又想，最后我是抱着试一试的心态接了下来。

一

在我的个人认识之中，词也归属为诗歌这一大类，而汉语诗歌的审美主要在于两点：一是要有意境，二是要体现"诗言志"。这部词作，选116字"金缕曲"为单一词牌，所填内容涉猎社会方方面面。通读下来，我认为它满足了这两个基本的审美要求。

词作具有意境美。我的理解是，"意境"，即情与景相结合，情景交融，让诗意深刻，甚至产生"象"外之意。我认为，意境美在这部词作的每一阕中都有。给我印象深刻的词阕颇多，仅举以下语句为例：

"越岭翻崖飘乎去，回首乡关杳渺。叹日暮、流年空老。但把一息乾坤气，卷飞红，点缀黄昏俏"（《夕霞》）。在此，作者结合夕阳霞光，感叹自己"流年空老"的同时，融入了继续为社会贡献余生的愿望。这里的语句中既有自然景物、景色，更有作者"老骥伏枥"的美好心志。

再如："奋斗者、胸怀桑柘。敢下龙潭寻剑影，解谜团，壮举燕然勒。捷报至，奉觞贺"（《深海探测》）。这里，情景交融，意境高远。

意境是人与自然、人与社会的一种和谐体现，为我国文化所特有、西方文化所不强调的一种审美观。词作者很注意这一点，我认为这是对于中华文化传统的一种尊重和传承。

词作洋溢着"诗言志"精神。它从我国古代就被认为是中华诗歌传统的重要特征。历史上，我们曾有刘邦的"大风起兮云飞扬。威加海内兮归故乡。安得猛士兮守四方"（《大风歌》），岳飞的"怒发冲冠，凭栏处、潇潇雨歇。抬望眼、仰天长啸，壮怀激烈。三十功名尘与土，八千里路云和月。莫等闲、白了少年头，空悲切"（《满江红》），还有陆游的"死去元知万事空，但悲不见九州同。王师北定中原日，家祭无忘告乃翁"（《示儿》）。当然，还有许多许多这样光照千古的悲壮名句；近现代，更有无数革命先辈借诗抒怀，为我们留下了"敢叫日月换新天"的豪言壮语。家国情怀尽在其中，我们无不为之热血沸腾。

时代变了，"诗言志"的内容和方式也有变化，但心系国家和人民总是诗词作者们歌唱不衰的主题。这一主题在这部词作中体现在以下两个方面：

一是作者老来唱晚，不肯完全隐退。"心底常怀轩昂气"（《太阳雨》）："看万物、荣枯存殁。衰柳残荷皆是景，只缘于，心有阳光烁"（《公园小坐》），赋闲后仍不忘继续为社会效力。再如："得意春风凭借力，越岭翻山矫健。任鼓荡、心花飞溅。热血沸腾回年少，似廉颇、老矣犹能饭。弓弩在，尚思挽。"（《骑单车》）还有："隐忍芳心无须诉，待春来，自有花知语。朝大海，唱金缕。"（《江海凌波》）作者虽然年入古稀，但仍然踌躇满志，心怀抱负。

二是作者借助吟咏革命先人和新时代英雄的业绩来抒发爱国情怀。这体现在为电影《觉醒年代》中重要人物写的几阙词，他们是：蔡元培"舟放波心凭纵浪，引潮流，更有千帆舞"；陈独秀"不畏严寒传花信，唤东风，但把冰霜化"；李大钊"幽黯玄穹光焰闪，引前行，犹有惊雷响"；鲁迅"快意恩仇嬉笑骂，著檄文，征讨吃人鬼"。作者在书中也歌颂了我国在高科技领域的各项辉煌成就等。

二

意境也好，"诗言志"也好，我们不能说西方诗作中没有这些，而是说他们的诗论中尚未注意到这些方面，未曾总结过这些。古希腊亚里士多德的《诗学》多注重文学艺术的社会功能，到后来的"表现论"与"再现论"的出现和应用，一脉相承地是对于内容与其显现方式之间关系的论述，这与我们注重诗词的精神境界有所不同。今天，两种不同的诗词审美追求应该相互学习、相互借鉴、相互容纳，方得世界文化共同繁荣之进步。我有意借谈西方诗学之机，简单说一下半个多世纪以来出现的符号学研究对于总体为诗的体裁的理解。

这部词作中也谈到了"符码"和"符号"。按照最初的符号学概念，符号是由表示"声音形象"的"能指"与表示伴随声音形象出现的"所指"（概念）组成的，两者缺一不可。最初的符号学研究，认为诗歌文本在于"强调讯息自身"，"其能指与所指之间的连接颇具结构性，而且在表达平面上的重复出现是很强的（例如韵脚押韵、叠韵等）"。在此观念的指引下，人们曾认为诗歌就是"头语重复"的一种类型，意即在开始的诗句之后，都是为说明这一"头句"而做的铺陈和渲染。我在阅读这部词作的过程中，意外地发现，符号学的这一观点似乎可以很好地说明《金缕曲》这一词牌的语句和语义结构。我们来看作者下面的一阕词：

> "一座独峰峭。坠天石、老君下界，碧霄抛帽。九转云梯平步上，跨壑玻璃栈道。抵岳顶、清风排袠。日月阴阳岩并立，似伏羲，手绘神符号。亭角翼，叹摹肖。
>
> 良畴沃野凭栏眺。正深秋、嘉菽俯地，稻香萦坳。万户千家忙收获，车水马龙热闹。始顿悟、琼宫虚渺。乘鹤仙人应后悔，又飞还，坐化成孤峤。烟火气，昼昏绕。"（《登冒儿山》）

这一阕词的前后两个部分都是用以句号结束的一句完整的话放在了前面。我们可以注意一下，每一句话后面的词句无不是采用与第一句相关联的各种表述，甚至可以说是对于第一句话的解释和阐发。这样的"头语"可以是点出思想主题的，也可以是明示时间和空间的。

后来，这种前后照应和层递阐发的原理，被符号学家借用了物理—化学方面的一个术语，将其概括为"同位素性"，意即在至少两个词汇或两个文本之间如果具有相同的最小语义单位"义素"的话，那么它们便处在"同位素性"关系之中。"同位素性"可以确保一首诗（词）前后语义的"连贯性"，也可以为不同文本之间建立"互文性"提供根据。这样一来，凭借这样的理论，我就认为这部词作中每一阕的语义结构均可得到明晰的理解。这里提到的"义素"，大体说来就是每一个词汇在字典或词典中那些以词条出现的词义解释，而两个（包括两个）以上的词汇如果在它们之间具有一个相同的词义解释（义素）的话，它们便具备了"同位素性"；进而可以说，同义词就是词义解释相同成分（义素）多的词汇，近义词就是这种相同词义解释较少的情况，而反义词就是其词义解释相互对立却又相互关联和不可脱离的情况，但它们都具备符号学上定义的"同位素性"。当然，也会有一首诗词中出现多种同位素性的情况，这样提供的多"意象"就为一首诗词的多种解释提供了可能，这一点为不少近现代诗人和今日诗坛作者所追求。例如朦胧诗就在一定程度上具备这样的特征。

三

我只比作者年长六岁，我们是同一代人。然而，历史常常会为同一代人安排不同的方向。根据作者自己的介绍，他曾经是"上山下乡知青"，"叹当年、离伤束发，断学花季（《记梦》）"，但作者坚持自修，追寻前人足迹，"效先贤、挥毫落纸"，"弄笔成痴"，"伏案上、穷经白首"；在他的努力之下，已经出版过诗歌散文集《五花山集》、格律诗词集《飞花弄晚》，现在的这部《飞花轻似梦》也即将出版。我佩服作者的毅力和其付出的辛劳，感叹他孜孜不倦的上进精神。

这部词作在编排上的一大特点，就是词作正篇之前，是作者的夫人杨宗英女士的精美书法作品。我不懂书法，但其中似乎隶书、草书、楷书、行书皆有，在我这个外行看来，有的苍劲，有的隽永，有的略显诙谐有趣。我注意到的是，其采用的写法与所书写词阕内容的气势相契合，且相映相衬，相得益彰。可见，词作者和其夫人是意趣相投、相携共进的默契伉俪，"幸有白头能偕老，吮墨含毫吐馥"。这些书法作品为词作增添了不少色彩和活跃气息。我欣赏！

我们都属于古稀年纪，古稀人相互知悉、相互理解，祝愿作者在确保身体健康的前提下，不断写出新作，歌唱我们的伟大时代，颂扬我们国家的繁荣富强，赞美我们勤劳智慧的人民！我们互勉，我也会在自己的研究道路上继续前行，不负生命，不负时代！

我不懂词，所写皆为读后感言和所获心得，这对我是一种很好的学习。感谢国强老师、维祥老校友和词作者德林同志的厚爱！

2022 年 6 月

于南开大学 西南村寓所

怀宇,本名张智庭,中国著名符号学研究专家、资深翻译家,中国作家协会会员。《符号与传媒》《语言与符号》编委。南开大学外国语学院法语系教授。获颁法国政府"紫棕榈教育骑士勋章",表彰其为中法交流做出的突出贡献。

出版《外交诗情》《怀宇域外诗选》《欢乐的手鼓》诗集3部,《符号学概论》《法国符号学研究论集》等专著5部,《符号学问题》《罗兰·巴特随笔选》《视觉艺术符号学》等译著35部,发表学术论文50余篇。

Tune: Golden Wisp Melody
After Watching Movie "A Scoopful of Water with a Bright Moon"

译者　张智中

To scoop a bright moon by water.

A glimpse of running light,

dim glimmer of cherry bay,

faint visage of imperial palace.

Unremorseful is lonely Moon Goddess,

shaking her solitary sleeves ceaselessly in cold palace.

Through myriads of years,

her infatuation is constant.

Pestered by bitter rains and sorrowful clouds,

now waning and then waxing,

still pouring pure, bright light.

To adorn and enliven

the endless night.

Limpid, translucent, crystal–clear like snow.

Shining, rippling, poppling,

overflowing with brilliance is Lake of Horse Hoof;

beautiful and charming is Haihe River.

The water runs deep with regretful sand,

where clam shells turn into pearly tears.

Autumns rush, rustle, whiz, whirl, swish, swash,

withered lotus swaying and swinging.

Budding lotus nuts are happily green,

nourishing and nurturing,

to please the King of Spring.

The stone–sea–filling Legendary Bird

is chirping, cheeping, and chirruping.

金缕曲·电影《掬水月在手》观后

　　临水掬明月。望流光、依稀桂影，隐约城阙。寂寞嫦娥应无悔，奋袂寒宫不懈。千万载、痴情难却。苦雨愁云常搅扰，转圆缺，兀自清辉泻。凭点缀，未央夜。

　　晶莹皎澈洁如雪。照粼粼、蹄湖溢彩，海河荧晔。静水深藏怀沙恨，蚌贝成珠泪液。秋瑟瑟、枯荷摇曳。幸有莲心胚芽绿，续华滋，唤取东君悦。精卫鸟，叫声切。

译者简介

张智中，南开大学外国语学院教授、博士研究生导师、翻译系主任。著名诗人和翻译家。中国英汉语比较研究会典籍英译专业委员会副会长。

《国际诗歌翻译》季刊客座总编，《世界汉学》英文主编，《中国当代诗歌导读》编委会成员，中国当代诗歌奖评委等。

译诗观：但为传神，不拘其形，散文笔法，诗意内容。将汉诗英译提高到英诗的高度。

目 录

词，作为中华古典格律诗体之一，经历了兴起、发展、衰落的复杂社会历史过程。因此，王国维先生有"所谓一代之文学，而后世莫能继焉者也"之说。然而，词作为中华文学史上的辉煌存在，以其精炼清丽的语言特点和深幽隐曲的表达方式，曾令历代文人墨客为之倾倒。进入现代社会，虽新媒体文学层出不穷琳琅满目，词仍然不失其独特的文化魅力。不仅不乏各领风骚的现代词人，而且拥有一大批热情的传播者和执着的爱好者。我作为其中的爱好者之一，多年来，徜徉于诗词天地，乐此不疲，泛览众作，精读名篇，或为品味出小词的意蕴而会心一笑，或为体会到佳作的妙处而拍案叫绝。更令人兴奋不已的是，通过日积月累的阅读和欣赏，我的诗词修养和文化底蕴逐渐得以提升，心底不时涌出创作的冲动，每每跃跃欲试新声。偶有灵感和佳句，便欣然命笔。如是坚持数年，集腋成裘，竟有格律诗词集——《飞花弄晚》问世，且出人意料地获得了较好的社会评价。这无疑更激励和强化了我对古典诗词的痴心和耽情。

庚子始，因为疫情，镇日深居简出，展卷伏案，读书写作。一日，我在浏览《全宋词》时，偶见词人陈人杰（1218年—1243年）有《龟峰词》一卷，存词三十一首，均为调寄《沁园春》，大受启发，萌生了用一种词牌填词的想法。考虑到词的美感特质以及不同词牌的容量大小、感情色彩，决定选择116字长调《金缕曲》尝试。《金缕曲》（又名《贺新郎》《乳燕飞》），北宋新声，苏轼词为创调之作。此调句式多长句而又富于变化，气势流动而又抑扬有致，适宜表达悲壮激烈之情和愤懑不平之气。南宋豪放词人喜用此调。如辛弃疾作21首，刘克庄作42首。清初，伴随词的兴起，一些词人也选择此调抒发缠绵悱恻之情。康熙十年，在京郊别墅秋水轩，词人曹尔堪赋《金缕曲》一阕，纳兰容若、龚鼎孳、徐倬、周在浚等当时十多位名流才子纷纷唱和。之后，又继续限用《金缕曲》填词，历时近一年，得词176首，辑为《秋水轩唱和集》。呜呼！先贤有此壮举，吾辈自当步其后尘。遂将雅好从多种词牌试手转向专攻一调。依照词谱中《金缕曲》的规范，循声协律，审音拈韵，缒幽抉潜，勾勒铺陈。将自己的亲身经历、人生感悟以及世间百态、自然万象在我心灵的兴发感动，一一付诸曲词。力求以传统文学之体，借要眇宜修之笔，抒抚时感事之情，使词在内容表达上有所开拓，在题材上有所扩展，在意境上能表现时代气象。秉此初衷，日复一日，焚膏继晷，未敢有丝毫懈怠。历时三载，不觉间，竟凑成百余阕，聊以辑集，供词友、同仁和广大诗词爱好者批评斧正。

金缕曲·大学毕业四十年同学聚会

学友离别久。喜相逢、初颜已改，热忱依旧。美酒佳肴穿肠过，唤起封存味口。互祝语、情思深厚。肺腑之言浑无忌，吐珠玑，胜过屠龙手。由恣肆，本真露。

悠悠往事堪回首。忆当年、黉宫幸会，政坛新秀。两载同窗书为伴，经略研修授受。凭借力、青云出岫。四秩春秋如一瞬，步红尘，枉自空驰骤。今解甲，享天寿。

金缕曲·夕霞

　　天际夕霞袅。舞霓裳、浮金旷野，掠光林杪。翠岫娇羞绯纱裹，愈显丰姿曼妙。风助力、萦纡缭绕。本是无心争妩媚，自逍遥，却惹天公恼。织锦绣，弄梭巧。

　　孤云万里扬清峭。远尘埃、倚石寄寓，傍竹吟啸。越岭翻崖飘乎去，回首乡关杳渺。叹日暮、流年空老。但把一息乾坤气，卷飞红，点缀黄昏俏。星斗挂，卧山坳。

金缕曲 · 闲赋

　　闲赋家中好。寓高楼、烟尘却步，风雨无扰。望月观星神游远，窃喜临门客少。凭俯仰、阴晴昏晓。每到登高重九日，对轩窗，便把黄菊眺。金蕊灿，映夕照。

　　年轻自比凌云鸟。效先贤、挥毫落纸，挂书牛角。斗米折腰时搁笔，转瞬江郎已老。幸有梦、常萦怀抱。写就新词庭前诵，引蝴蝶，振翅花间绕。如索句，但一笑。

金缕曲·读书

　　缃帙为良友。览竹帛、诗词韵雅，赋章文秀。入眼珠玑醍醐语，似与先哲话旧。明月照、窗棂剔透。馆阁氤氲清气荡，效谪仙，仗剑一杯酒。歌水调，绕梁久。

　　今朝莫道儒冠朽。叹青衿、焚膏继晷，偶得拙手。沥血呕心襟濡泪，满面沧桑褶皱。伏案上、穷经白首。弄笔成痴功名误，细琢磨，但把金石镂。君子意，汝知否？

金缕曲·拙作《飞花弄晚》出版感怀

十载诗词梦。竟成真、悲欣泛涌，泪花飞迸。涕渍墨痕湿缣楮，隐隐骚魂淡影。笔不健、屠龙争竞。画虎文章聊自乐，幸辑集，且作尘生甑。羞覆瓿，箧中摒。

征尘洗罢寻新境。借微词、孤怀释放，感发吟讽。吊古伤今忧人世，曲引商歌遣兴。循旧谱、依声鸣磬。怨悱幽约红牙奏，秉高格，再续金荃蓊。愚者意，盼君省。

金缕曲·家中会友

　　挚友家中会。沐春风、开怀畅饮，旧时风味。浊酒三杯方入肚，便致秋心浅醉。任信口、疏狂无讳。追诉平生得意事，哂颜酡，戏谑白头愧。相对望，笑出泪。

　　同僚数载相倾佩。记当年、分担重任，互约规诲。自守节操一如素，不屑低眉献媚。俱致仕、清修身内。暮岁拈花明月下，捧金樽，但把香魂酹。学老圃，莳兰蕙。

金缕曲·骑单车

体验单车便。自由行、穿梭小巷，驶弛深院。广陌通衢来复往，留下辙痕漫浅。脚劲踏、双轮旋转。道道毂辐翩翩舞，映夕阳、金色光环炫。捷迅去，悄然返。

闲来逞勇骑行远。启征程、兜鍪重甲，势如奔电。得意春风凭借力，越岭翻山矫健。任鼓荡、心花飞溅。热血沸腾回年少，似廉颇，老矣犹能饭。弓弩在，尚思挽。

金缕曲·习练太极拳

　　暮岁逐时尚。练长拳、强身健体，性情颐养。野马分鬃轻转体，敛步抱球隽爽。鹤亮翅、提膝推掌。连贯协调一呵就，似行云，空谷悠然荡。收势罢，气协畅。

　　中华武术奇葩放。蕴哲思、阴阳导引，缓急跌宕。陈武杨孙流派众，市井民间草创。大众化、门庭开敞。手撑长天怀揽月，面迎风，体验无极场。心旷远，太虚逛。

金缕曲·登帽儿山

一座独峰峭。坠天石、老君下界，碧霄抛帽。九转云梯平步上，跨壑玻璃栈道。抵岳顶、清风排袅。日月阴阳岩并立，似伏羲，手绘神符号。亭角翼，叹摹肖。

良畴沃野凭栏眺。正深秋、嘉菽俯地，稻香萦坳。万户千家忙收获，车水马龙热闹。始顿悟、琼宫虚渺。乘鹤仙人应后悔，又飞还，坐化成孤峤。烟火气，昼昏绕。

注：帽儿山，位于黑龙江省尚志市境内，距哈尔滨市84千米。海拔805米，地面垂直高度500米，面积10平方千米。因形似帽子而得名，传说是神仙的帽子掉在地上所形成。

金缕曲·观江

　　独坐松江畔。月朦胧、纱笼潋滟，雾拂滩岸。素练如龙峡间舞，弄影粼粼玉鉴。堤岸上、冥濛奇幻。暗草幽花频眨眼，透流光，阵阵香飘远。东逝水，入银汉。

　　年年夏夜听涛卷。捧清泠、心灵净化，喜忧排遣。雨雪冰霜随波去，莫教尘埃滞淀。大动脉、风光无限。载舫承桥滋黑土，育豪侠，血性关东汉。江月酽，酒三碗。

金缕曲·公园小坐

　　无事公园坐。憩身心、悠然自在，敛神凝默。听任流年空掷去，濯浣征衫酒浼。风乍起、飞花飘落。碎玉缤纷迷倦眼，恍惚间，又历春风陌。携百侣，赏繁朵。

　　时光碎片难成椭。散尘埃、星星点点，细微繁琐。最是难得离断舍，静笃虚极忘我。看万物、荣枯存殁。衰柳残荷皆是景，只缘于，心有阳光烁。求逸致，去羁络。

金缕曲·五一长假居家

　　长假居家里。望楼前、蝶飞燕舞，弄香拈碧。应谢东风竭全力，吹彻韶华满邑。更扫尽、胸中云翳。幽闭多时方寸地，启天窗，一瞬流霞绮。重抖擞，浩然气。

　　劳生有限闲无几。趁良机、天人探问，古今寻绎。苏柳逋梅深领略，紫陌红尘谩忆。待月上、琼浆滋沁。一咏一觞心底事，诉衷肠，骋纵春秋笔。谁共我，愤呵壁。

金缕曲·江海凌波

江海凌波去。看扁舟、轻舫踏浪，短楫摇雨。险谷危峡从容渡，弄影翩翩迅羽。凭放浪、游仙孤旅。载酒中流诗兴涌，揽山川，索得惊人句。风鼓荡，片帆举。

余年欲寄黄金寓。慕灵均、行吟水畔，梦逐神女。醒世陶公归田舍，避乱躬耕一隅。老所养、诚堪期许。隐忍芳心无须诉，待春来，自有花知语。朝大海，唱金缕。

金缕曲·客居

　　春睡迟迟醒。看窗前、青藤附壁，翠竹夹径。棕榈婆娑摇长羽，橡树枝横瓦顶。柔缕袅、霞绡拂影。紫燕衔泥檐下绕，筑新巢，欲入双相并。江海客，觅幽静。

　　鸥盟友鹤三生幸。享天年、山人野趣，酒酣诗兴。只是无端思鲈脍，自抚瑶琴寡应。过客意、何人能省？世外桃源春红绚，到秋来，剩有黄花冷。归去否？问心境。

金缕曲·滞旅

庚子岁暮，远行抵沪，于酒店隔离观察而作。

游子天涯返。路迢迢、山隔水阻，雾笼烟敛。一夜西风吹乡梦，飞渡三关九险。逢大疫、归舟搁浅。驿馆门封帘幕闭，守孤灯，静待郎中验。天有病，共防范。

休嗔滞旅光阴慢。叹阿娇、长门暗泣，锦琴弹怨。苏武幽独羁绝塞，廿载唯羊是伴。现困顿、为时应短。更有江南寒梅绽，且折枝，远寄春天暖。闲弄笔，把茶盏。

金缕曲 · 庚子除夕夜

　　庚子除夕夜。客江南、阶生绿草，巷荫青樾。满目欣荣如春日，却念家乡瑞雪。独守岁、幽怀凄切。未见迎新燃炮仗，遍长街，只有灯摇曳。团聚饭，共谁餮？

　　今夕属相将分界。子神出、貔貙恣肆，瘴瘟凶虐。风雨同舟乾坤转，险谷激流跨越。入史册、沧桑一页。辞旧当须屠苏酒，举金樽，尽把甘酸泻。辛丑至，曙光烨。

金缕曲·曙光

　　一抹晨曦现。看东方、沧溟泛碧，渺空凝澹。扫雾驱云寒光锐，凛凛青锋利剑。宇微熹、金星犹闪。四野八荒绯色掠，漫涂描，画就娇羞脸。惊鹊起，叫声婉。

　　垂帘卷起愁眉展。敞轩窗、朝阳送暖，晓风拂倦。久困狭宅闲敲子，幸有诗书作伴。足禁解、香茵召唤。最念江南丝丝雨，步石街，玉腕天堂伞。花影乱，水清浅。

金缕曲·春雷

　　绝塞春来晚。响惊雷、震开柳眼，唤回归雁。电火雷光摇浅绿，叫醒冬蛰梦魇。栖老树、苍鹰窥探。乍暖还寒多不测，但张睛，坐看风云卷。应见惯，季节换。

　　一隅静谧离尘远。且忧天、阴晴眷注，雨风神感。耳畔轰鸣倏忽去，霎那胸襟翳散。望月夜、中天清湛。万籁憎憎蜗角寂，映然声，惟有匣中剑。酬素志，寄书翰。

金缕曲·中秋夜雨

　　烟雨中秋夜。望苍穹、银蟾雾隐，斗牛明灭。秋水汪汪珠滚落，似有哀伤渲泄。应不是、姮娥悲切。冷暖阴晴当已惯，岂无端，生怨滴清液。天感动，泪抛撇。

　　人间眷恋秋夕月。寄幽思、乡愁放遣，散离排解。世代悲欢重叠演，况有湿浊沆瀣。今撞遇、瘟神侵虐。万户燃灯城如昼，测核酸，街巷长龙列。防疫疠，众趋跃。

金缕曲 · 重阳赏菊

　　秋末传芳讯。正重阳、严飙瑟瑟，百花凋殒。惊见时菊争吐蕊，簇簇丛丛炫锦。更入眼、撩人娇嫩。夕照东篱金靥灿，透幽香，犹有冲天阵。园圃里，展丰韵。

　　霜袭雨打清芬酝。性孤高、怀愁玉瘦，澹宁晶沁。日月精华常摄取，柔瓣缤翻内蕴。试解语、蓬心一振。览镜休悲双鬓雪，在桑榆，应效寒英隽。开淡季，且安隐。

　　注：金靥、寒英系菊花别称。

金缕曲·窗上霜花

　　窗上霜花俏。正隆冬、飞琼入梦，醒来春到。玉牖白梅忽绽放，满目莹莹皎皎。料月夜、霏霰缭绕。寂寞嫦娥翛飒下，降人间，弄雪挥纤缟。寒舍里，暗香袅。

　　一轮旭日东方照。霎时间、晨妆褪却，泪痕犹佼。淡抹轻描悄来去，洗尽铅华恁早。倩影浅、犹怀清抱。冷露旋晞生气在，化闲云，兀自飘悠邈。临场圃，润芹藻。

金缕曲·芭蕉雨

窗外泠泠雨。打芭蕉、珠飞玉溅，翠滴如缕。硕叶柔枝清沚洗，似若佳人沐浴。敲黛瓦、屋檐泉潝。漫洒多情湘女泪，叩窗棂，絮絮吴侬语。沾雨露，更妍郁。

黄梅盛季江南旅。正偷闲、拥灯把卷，呕心吟咀。沥沥浙浙催诗兴，脱口而出妙句。夜未寐、纷糅思绪。草木一秋生命短，任西风，吹荡飞红去。浓绿在，自成趣。

金缕曲·太阳雨

　　夏日锄禾苦。看农人、耕耘垄上，汗流如注。头顶乌云忽集聚，霹雳一声滗汩。透水幕、晴光犹吐。飞泻雨丝如金线，巧编织，锦绣炎黄土。田野霁，彩虹妩。

　　风云变幻堪谲数。叹人生、无常有道，自应开悟。野马尘埃沧桑变，秋月春花万古。莫感慨、前程多雾。心底常怀轩昂气，待时来，转运乾坤覆。休问命，己能卜。

金缕曲·记梦

　　缥缈归乡里。土坯房、温馨火炕，灶间烟气。剩饭残羹飘香味，唤起儿时记忆。风雨夜、鸦声凄厉。老母低头忙引线，伴残烛，蜡泪滴滴泣。呼不应，面朝壁。

　　凌晨梦醒心仍悸。叹当年、离伤束发，断学花季。紫陌红尘奔波苦，回首家山万里。五尺汉、柔情难弃。岁月消磨征衫破，探双亲，已入黄泉底。今有简，向谁寄？

金缕曲·先父百岁诞辰祭

　　先父期颐岁。寄哀思、一樽老酒，几滴浊泪。追念
当年癯瘁影，跋涉陵夷困惫。幸晚耄、安宅谐遂。仙逝
犹得儿女送，燕翔集，梁上萦祥瑞。灵雀意，已神会。

　　终生碌碌风檐呰。历沧桑、知足自乐，保身谦退。
腹有经纶空束物，斗米折腰恻悱。枉抱恨、无为深悔。
惟有心中澄澈井，纳清流，贮满盈盈水。滋后代，启
拔萃。

金缕曲·贺长兄八十寿诞

华诞遐遥祝。借传媒、蟠桃奉献，凤丝摩抚。阆苑春风拂冬岭，催请松龄几度。人未老、童心犹驻。朝杖之年足尚健，步从容，笑看桑榆暮。期百岁，共醽醁。

津津乐道无双谱。记昔时、黄金榜上，颖拔翘楚。术业专攻精治水，入世甘绝外物。秉本色、安之如素。但把一腔清峭气，化诗行，纸上龙蛇舞。挥健笔，续屈赋。

注：长兄高万麟，1942 年 1 月生，现居鄂。1961 年从吉林省通榆一中考入清华大学水利工程系，喜文史，著有诗歌散文集《一寸还成千万缕》。

金缕曲·七十二岁初度

时序催初度。叹匆匆、流年似水，古稀尤促。幸有白头能偕老，吮墨含毫吐馥。更庆寿、交觞芳醁。五味杂陈一饮尽，两心知，戏谑千秋祝。苍狗变，不足述。

人生好比杯中物。贮经年、甘酸酝酿，苦辛淘漉。欲借浊醪抒幽愫，未待诗成泪簌。醉梦醒、筌蹄一悟。归去来兮归何处？效曹王，试作登楼赋。心远寄，共云翯。

金缕曲·大庆发现页岩油

大庆堪惊瞩。已勘明、黑金海量，页岩增储。宝物深藏石孔隙，神器锋铦破虏。旧理念、旋即颠覆。陆相沉积新突破，看炎黄，又上英雄谱。闻喜讯，举国祝。

能源最是恒时务。记当年、松辽会战，历经艰苦。大吼一声地球抖，滚滚油流迸瀑。一甲子、源源倾注。今又挥师城底下，取岩芯，钻透千寻土。重创业，响金鼓。

注：2021年8月25日，中国石油天然气集团有限公司宣布，大庆油田古龙页岩油勘探取得重大战略性突破，新增储量12.68亿吨。

金缕曲·北大荒播麦

　　塞北初开冻。抢农时、千犁破土，铁牛豪纵。一字排开长蛇阵，万顷须臾垦种。麦入土、怦然心动。播下绵绵不尽梦，待萌发，绿意出畴垄。秋有获，饱食共。

　　羲农自古炎黄宠。破洪荒、文明肇始，耦耕尤重。米粟虽微关天下，社稷托承地贡。陶令隐、桃源寻洞。若是今朝得亲见，定嗟呀，下界牛郎勇。蹄竞奋，好风送。

金缕曲·同江中俄铁路大桥贯通

　　欧亚新通道。跨三江、长桥纵贯，铁龙呼啸。架壑梯山连万里，弧线划出奥妙。捷径走、直达津要。班列穿行经济带，物流通，巷陌人声闹。频侧耳，汽笛叫。

　　浮槎泛海神魂绕。幸今朝、天涯咫尺，任人高蹈。载梦托思寻故垒，异域风情远眺。抵北海、悠悠盈抱。苏武牧羊足踏处，越千年，犹有青青草。车碾过，旧痕杳。

金缕曲·云南野象迁徙

　　王者出荒野。暂偷闲、悠然北上，踏足榛樾。逛景巡风陂塘浴，远客初来不怯。任辗转、村墟河岳。惝恍其间应有悟，蓦迁回，折返清凉界。深谷里，任游冶。

　　威仪棣棣生民悦。受推崇、朱门坐守，释家宾谒。今日频遭天敌扰，无奈因循苟且。林退萎、食肠衰劣。物种繁滋须善待，续葱茏，聊作匡时略。生态好，子孙业。

金缕曲·东北虎进村

　　野虎乡村现。漫盘桓、柴扉近莅，牖窗窥探。游走田畴惊耕叟，又到牛栏俯览。长仰啸、扬威八面。百兽闻声皆战栗，恐山君，跃起狂风卷。应不屑，噬鸡犬。

　　荆榛岫壑栖息惯。偶出行、非因饿馁，欲寻邦甸。饕餮腥膻熊鹿少，食链岌岌欲断。辟领地、生存繁衍。幸喜国家公园建，可安身，决意荒丛返。凭骋纵，上林苑。

　　注：2021年4月23日，黑龙江省密山市白鱼湾镇临湖村，来了一只野生东北虎。它先在农田扑倒一农民，又进入农家院一掌击碎窗户玻璃，然后藏匿于居民区。为保证人畜安全，将老虎麻醉后放归东北虎豹国家公园。

金缕曲·云崩

罕见云崩景。谷幽深、狂飙乍起，雪团腾骋。素练翻飞白龙卷，恣肆汪洋万顷。出隘口、尤增豪兴。盖地铺天烟漫漫，霎时间，吞噬崇山岭。缥缈处，彩虹映。

千年蕴蓄突飞迸。荡骚魂、潇湘叱咤，楚天鸣磬。蜃气磅礴冲牛斗，耿耿炎黄血性。待午日、千帆奔竞。击水中流齐挥棹，越洪涛，一瞥惊鸿影。云海里，令憧憬。

注：2021年春，网络视频传出，在尼泊尔山区出现一种奇特的自然现象，洁白的雪云像洪水从山谷奔涌而下，瞬间吞噬山体。网络达人据古语"崩云屑雨，泫泫汩汩"而命名云崩。

金缕曲·日环食

2020年6月21日，时逢夏至。我国南方多地现金边日食，可见时间只有几分钟，可谓精彩瞬间。有感。

寰宇奇观现。午阳娇、嫦娥起舞，袂遮炎焰。玉璧周边金光射，紫气腾腾日冕。逢夏至、羲和情绽。浪漫求婚灯渐暗，献人间，钻戒莹光灿。天步健，梦缘短。

苍穹仰视幽思远。古传说、伏羲卦卜，武侯星占。恶犬吞炎惊华夏，打鼓燃鞭遣散。亿万载、星球常转。夸父今朝飞逐日，望环食，更有天文眼。时待我，再相见。

金缕曲 · 流星

　　划过沉沉夜。看流星、幽光闪烁，悄然飞掠。步履匆匆天不晓，留下谜团待解。飘宇宙、一丝纤屑。肉眼难识光怪体，坠澄泓，罢却苍冥列。玄宿处，见分野。

　　凄清肃澹中元月。照寒江、钩沉隐恻，泛浮悲切。滚滚波涛东逝去，跌宕倏忽岁月。亿万年、银河倾泻。星雨滴滴轻落入，似听闻，陨铁吞言咽。屈子赋，入吟箧。

　　注：作于辛丑中元夜。时逢同事不幸溺水身亡，哀而祭之。

金缕曲·北极大火

明火寒极虐。焰腾腾、烟飘朔漠，雾笼荒野。泥碳闷烧穿坚壁，地表洇濡冻解。温水浸、冰山塌裂。惊醒白熊酣睡梦，眼惺忪，四处寻巢穴。失故土，恨饕餮。

平生最喜晶莹雪。忆儿时、观淞岸柳，赏灯瑶阙。驯鹿拉橇驰街巷，素袂翩翩笑靥。恨变暖、琼花凋谢。避暑无门常流汗，觅清凉，惟有空中月。天地热，外星冽。

注：媒体报道，2020年6月，美国阿拉斯加和俄国西伯利亚发生多起大火，过火面积达400多平方千米。北极圈平均温度升高10摄氏度，其中俄罗斯西伯利亚奥伊米亚康村飙出38摄氏度极端高温天气。

金缕曲·南极绿

惊现南极绿。气温升、冰川藻簇，雪原苔聚。岛陷礁沉家园毁，海象横尸万具。食物断、生存难续。企鹅漂泊哀不定，寄浮冰，杳渺无根旅。寒水荡，诉哀曲。

生灵本自同风雨。叹寰球、征伐探险，剑锄频举。美澳林燃非洲旱，到处煎熬炼狱。守定律、炎凉方序。饕餮贪婪食无度，破平衡，祸咎今人取。天有道，不能驭。

金缕曲·南太平洋海底火山爆发

海底狂颠簸。烈炎喷、连珠炮响，电光石火。烟柱冲霄八千丈，碎屑漫天散落。海啸起、蓬瀛淹没。树倒屋塌城死寂，遍疮痍，鸟兽无藏躲。劫难至，岂唯我。

天灾预测今犹叵。解连环，观察异象，探求寻索。地幔深层岩浆荡，总有蛛丝可搦。遇震爆、无须惶迫。人类自然相与共，化危机，唤取家国祚。灰烬覆，土丰沃。

注：2022年1月15日，南太平洋海底发生三十年来最大火山爆发。随着爆炸声起，2万多米高的烟柱冲天而起。与此同时，在65千米外的岛国汤加发生海啸，塔布岛等岛屿被浪潮淹没，汤加全国电力通信断绝，陷入黑暗。

金缕曲·机器人

惊诧云时代。仿真人、才思敏捷，感官通泰。测海量天扑山火，且把能工替代。机器女、贤德勤快。倒水端茶听吩咐，展妖娆，莞尔明眸睐。声婉转，胜天籁。

炎黄智慧堪期待。叹先民、轮车指向，木牛资载。更有今朝经纶手，巧设机关世骇。大数据、中枢经脉。玉兔殷勤巡月背，步轻盈，魅影传天外。挖样土，返程带。

注：玉兔，系指我国首辆玉兔号月球探测车。

金缕曲·天眼

　　山坳金睛闪。世无双、横波百丈，目光幽远。宇宙茫茫凭透视，炯炯昭灵紫电。更善睐、蛾眉娟倩。微步徜徉莹镜上，漫凝眸，似把玄机看。奇幻境，引回盼。

　　浑仪日晷苍穹探。古贤才、堪舆测象，考求神验。滚滚红尘难看破，苦煞凡胎肉眼。幸建造、观天衡鉴。透过银河搜域外，脉冲星，信号飘忽见。行迹杳，太空辨。

　　注：天眼，中国自主建造的500米口径球面射电望远镜，位于贵州省黔南布依族苗族自治州境内。2011年3月动工兴建，2020年1月通过国家验收，正式开放运行。用于观测脉冲星，搜索可能的星际通讯信号，研究恒星形成与演化，探索太空生命起源。

金缕曲·深海探测

　　大海今能测。造金螯、电池助力，钛壳防坼。万米深渊直坐底，邃壑湍流蹈涉。更载送、达人雄特。冷冽高压何所惧，潜洋盆，检取灰白垩。知使命，勇担荷。

　　寻幽探险情难舍。好奇心、生发动力，启迪茅塞。浩渺烟波常诱惑，每每遥瞻泛舸。奋斗者、胸怀桑柘。敢下龙潭寻剑影，解谜团，壮举燕然勒。捷报至，奉觞贺。

　　注：2020年11月10日，我国自主研制的载人潜水器奋斗者号在马里亚纳海沟坐底，深度为10909米，并进行了一系列深海探测科考活动。带回深海生物、水样以及沉积层矿物等珍贵样本。

金缕曲·地球深部探测

　　小小寰球簇。九天悬、仪形硬朗，内心灼火。壳幔叠连千万里，土覆石封黯漠。勘探井、圈层凿破。垲壤渊玄须透视，钻岩芯，利器疾旋斡。凭解码，启扃锁。

　　神奇世界多扑朔。引时人、寻幽访胜，瘅瘅求索。今日识得其表象，犹待精深展拓。已奏响、攻关铃柝。但愿金山发现早，众生灵，共享无穷祚。新境域，地核扩。

金缕曲·嫦娥四号探测器登月

金鉴悬天外。杳难及、八极朔气，九霄云霭。桂树迷离虚浮影，玉阙琼楼蜃海。千古月、炎黄青睐。望晦弦弓循序变，引风骚、健笔抒慷慨。花月夜，更精彩。

今朝有幸登临拜。乘飞槎、腾空电掣，绕星风载。漫步嶙峋清蟾背，试探幽心怨艾。见玉面、油然惊骇。遍体鳞伤容颜冷，梦中人，哪有娇柔态？巡宇宙，正期待。

金缕曲·天和核心舱进驻太空

化羽鲲鹏起。驾祥云、扶摇而上，九霄游弋。逐日追星巡旻昊，御气挟风奋翼。斗柄指、阊阖开启。仙境迎来尘世客，乘飞槎，入住天宫里。遵使命，探玄秘。

问天楚累曾呵壁。古贤人、穷经皓首，对答无几。今有良工能巧解，打造登天重器。路漫漫、追寻相继。宇宙茫茫无穷大，喜炎黄，抢占一席地。修雅舍，待迁徙。

注：2021 年 4 月 29 日，我国成功地将天和核心舱送入太空，它将与陆续发射的问天实验舱、梦天实验舱一道，组成中国空间站。

金缕曲·天问1号探测器成功着陆火星

航线初开拓。祝融车、风驰电掣，外星飘堕。万里行程呼啸过，避障悬停动魄。处女地、苍茫空阔。戈壁沙滩凭恣纵，踏痕留，但把洪荒破。新领域，任回斡。

炎黄自古迷荧惑。夜空中、光华四射，色红如火。游走东西居无定，云海银河浪簸。探奥秘、孜孜求索。几代贤达前后继，看今朝，又有惊人作。寰宇上，正横槊。

注：中国古代将火星称为荧惑。2021年5月15日，天问1号火星探测器所携带的祝融号火星车及其着陆组合体，成功着陆于火星。

金缕曲·雪龙 2 号极地科考破冰船

开辟新航路。雪龙船、凝澌放棹，冻凌摇橹。艒艒随机双向驶，斩浪劈波勇武。破壁垒、横行无阻。碾压切割冰盖碎，气冲天，迸溅琼花舞。装甲舰，正登陆。

洪荒世界堪关注。漫南极、蓝鲸小憩，企鹅延伫。满目莹白绝绿色，人类凄迷却步。共命运、和谐相处。异境幽心初试探，待春来，再把重洋渡。增了解，促亲睦。

注：雪龙 2 号极地科考破冰船，由我国自主建造。采用了船艏、船艉双向破冰技术，能够在 1 米 50 公分厚冰环境下连续破冰航行。于 2019 年 7 月交付使用。并于 2020 年 11 月至 2021 年 5 月，行程 3 万 5 千余海里，对南极进行了第 37 次科考。

金缕曲·我国首位女航天员
入驻空间站

神女飞天远。再出征、梭巡日月，考察河汉。电掣风驰云辇驭，小驻空间驿站。居半载、苍冥究览。间或出舱期邂逅，会嫦娥，共话平生愿。供健笔，写别传。

临行目送滢光闪。最铭心、娇儿手舞，口中呼喊。母女别前曾约定，爱意浓浓互勉。已许诺、须当行践。待到繁忙公事毕，凯旋时，摘个星星返。充礼物，可开眼。

注：2021年10月16日，我国航天员翟志刚、王亚平、叶光富搭乘神舟十三号载人飞船，入驻中国空间站，将在轨驻留六个月。其中，王亚平是入驻空间站的我国首位女航天员。在出征欢送仪式上，她的5岁女儿挥舞双手，高声呼喊妈妈加油。她们还约定，妈妈要摘个星星回来送给女儿。

补注：2022年4月16日9时56分，神舟十三号载人飞船返回舱在东风着陆场成功着陆，执行任务的航天员翟志刚、王亚平、叶光富安全顺利出舱。当天下午，王亚平乘坐任务飞机平安抵达北京，并在第一时间给女儿送上了精心制造的星星。

金缕曲·宇宙暗物质

一种神奇物。似幽灵、藏形匿影，潜狐伏鼠。弥散尘埃托天体，粒子集结蚁附。不可见、迷离元素。碧落黄泉搜索遍，到如今，未入横波目。犹不舍，正关注。

科学探测何其苦。众贤人、观察射线，捕捉光束。星宿追踪寻异象，对撞高能正负。更地下、千寻深处。信号纷杂须屏蔽，置真空，实验应无阻。突破口，世人瞩。

注：暗物质是理论上提出的可能存在于宇宙中的一种不可见的物质，它可能是宇宙中的主要组成部分。其最小物质或由轴子、惰性中微子等类型粒子组成，质量可能远远大于可见天体质量的总和。探测暗物质的主要手段有三种：一是屏蔽其他种类宇宙射线的干扰直接探测，通常在地下深处进行。二是间接在天文观测中寻找星团湮灭或衰变信号。三是在实验室对高能粒子对撞中发现暗物质。目前，我国在四川雅砻江水电站建有锦屏地下实验室，垂直岩石覆盖范围2400米，是暗物质深地实验的重要平台。

金缕曲·宇宙黑洞

　　黑洞开凡眼。侧颜图、形如玉璧，外莹中黯。混沌鸿蒙缥缈影，视野迟迟觑见。亿万载、藏身河汉。相对学说曾预测，藉长焦，今日得明验。媒体曝，写真倩。

　　茫茫宇宙多玄幻。望苍穹、高深莫测，几多悬念。中子压缩成粉末，衰老恒星嬗变。引力大、吞蚀同伴。人类终极三问索，解谜团，惟有思无限。窥远镜，太空探。

　　注：2017年4月，为了给黑洞照张相片，4大洲8个射电望远镜阵列组成了虚拟望远镜网络，对距离地球5500光年，位于银河系中心的室女座星系团进行了拍摄。2019年4月10日，黑洞首张照片问世。这是人类第一次看见了黑洞。

金缕曲·元宇宙

　　社会倏更替。地球村、平行两界，现实虚拟。筵宴交游娱乐事，线上一应办理。受热捧、宅中经济。用户终端轻按键，跨时空，往复天人际。区块链，妙无比。

　　生存要素曾谙记。叹时人、凭依网络，胜于空气。流量带宽加应用，匡定乾坤利器。数字化、文明奇迹。人类未来堪憧憬，两栖邦，肇始元年启。新世界，众垂意。

　　注：元宇宙，网络解释为利用科技手段进行链接和创造的、与现实世界映射和交互的虚拟世界，是一种新型社会生活空间。2021 年 12 月 7 日，《咬文嚼字》发布 2021 年十大网络流行语，元宇宙入选，并有媒体把 2021 年称为元宇宙元年。

金缕曲·鹦鹉

鹦鹉笼中瘦。正伤心、珠帘不卷，主人绝友。绣幄时闻轻声叹，寂寞蛾眉敛皱。学软语、无从开口。往日堂前聒噪燕，尽南飞，剩有空巢柳。春信杳，滞渊薮。

啾啾鸟语天知否？叹陀山、鹦哥见火，羽濡飞救。更有喉咙声如哨，昂首长天啸吼。疫瘴虐、悲歌频奏。怎忍家山遭蹂躏，破重云，奉献灵与肉。身可灭，气萦岫。

注：感海外华人华侨为武汉抗疫慷慨解囊而作。陀山鹦鹉，出自明末清初周枥园所著《枥园书影》中所叙神话故事："昔有鹦鹉飞集陀山，乃山中大火，鹦鹉遥见，入水濡羽，飞而洒之。天神言：尔虽有志意，何足云哉？对曰：常侨居是山，不忍见耳"。

金缕曲·蝴蝶

　　鳞翅翩翩起。舞鲛绡、田园洒绣，绿茵飘绮。逸翥轻翻花间绕，又入庭中耍戏。凭释放、心中春意。弄粉团香逐翠黛，落钗头，妆扮青丝碧。来有影，去无觅。

　　枝凋叶落身何寄？叹蛱蝶、轻薄似纸，细微如蚁。短暂年华犹生梦，化作庄周浪迹。御六气、腾驰天地。出岫闲云行无定，任逍遥，但把尘嚣弃。忽梦醒，复为己。

金缕曲·白鹭

　　一道桑榆景。正黄昏、披霞雪羽，引吭曲颈。遗世绝俗长腿立，优雅身姿劲挺。敛素袂、衣冠新整。吐媚含情相对望，照沧波，偎并清矍影。非作秀，自天禀。

　　平生喜好温柔境。广结交、盟鸥友鹤，忘机听命。杜甫窗前曾展翼，又伴渔翁斗骋。傍朗水、澄襟如镜。莫道怀烟迷碧草，翅翕张，犹有吞云梦。凭自在，尽由性。

金缕曲·南飞雁

　　塞雁南翔远。御风行、关山越度，昊穹驰电。迅羽翩翩八千里，寒暑一夕变换。逐水草、留痕香畹。莫道春归无觅处，但追寻，总有芳菲伴。依翠碧，享温暖。

　　逍遥候鸟诚堪羡。避冬寒、天涯做客，醉心妍倩。游赏蓬瀛犹思蜀，枕海听涛睡浅。入旅梦、无端乡恋。踏雪寻梅明月下，对琼瑶，且把冰心鉴。巢玉树，鹊声婉。

金缕曲·大马哈鱼

逆水洄游苦。看鲑群、穿梭骇浪，跃腾飞瀑。电掣风驰逐浪去，昂首凌潮上溯。千万里、迢迢归路。九死一生犹不悔，历艰辛，终返清泠浦。顾硕体，瘦成骨。

千回百转寻初度。幼离乡、漂洋衍嗣，饮咸茹露。浩瀚溟瀛凭驰骋，老去惟思浅浒。入淡水、繁殖含哺。产卵湫湄孵苗裔，更捐躯，换却雏儿舞。生命续，往来复。

金缕曲·桔梗花

　　桔梗花开晚。耐贫瘠、山坡蕴秀，草丛悄蒨。摇曳纤枝金钟挂，起舞回风曼婉。扮大地、别开生面。春去红稀添蓝紫，巧梳妆，描画眉山浅。增妩媚，引流盼。

　　天然本色苍穹湛。性高孤、根白不染，梗直无蔓。入夏闲来发繁朵，无意争奇斗艳。真处士、含薰凝澹。倩影婆娑摇翠缕，似仙人，月下香魂返。花语意，每垂眷。

　　注：桔梗花被称为"花中处士"。

金缕曲·紫藤

灿若云霞舞。紫藤萝、一开万朵，穗垂如瀑。夕照繁葩光彩溢，花海升腾绮雾。茎干壮、虬枝交互。蜿绕盘曲身劲健，似攀援，坎坷人生路。妍茂里，裹痴骨。

生生不已风云护。漫滋濡、江南细雨，楚天清露。岁月如刀斑痕刻，惟有芳华永驻。最赏世、吴门梅坞。才子衡山亲植木，到如今，依旧娇姿妩。活宝藏，众光顾。

注：400多年前，吴中才子文征明（衡山），在苏州拙政园亲手种植了一棵紫藤，至今依旧生机勃勃，被称为活着的宝藏。

金缕曲·梧桐

　　嘉木天姿秀。立亭亭、翩翩翠叶，雅妍肥厚。清露泠泠敲青磬，金井蛾眉蹙皱。植上苑、高枝局囿。寒夜明皇哀半死，感秋霖，梦断霓裳袖。能解意，遣俦偬。

　　西风飒飒霜条瘦。不甘凋、残存几片，角吹犹吼。修干昂扬巢堪筑，凤鸟安栖纳受。共患难、雌雄相守。浴火重生成焦尾，作瑶琴，且把钧天奏。留树影，伴昏昼。

　　注：寒夜明皇哀半死，贺铸（宋）有"梧桐半死清霜后"句；白朴（元）作有《唐明皇秋夜梧桐雨》杂剧。

金缕曲·野杏林

　　四月天山北。赏芳菲、峡铺绮幔，岭披霓帔。万点胭脂随意抹，妆扮韶光妩媚。开灿烂、云蒸霞蔚。戈壁荒滩生春色，恁撩人，蔼蔼风云会。惊塞上，有叠翠。

　　仙葩阆苑人间坠。越千年、扎根朔漠，隐身幽邃。许是昭君胡沙惯，忘却江南碧水。结涩果、昔时风味。莫问酒旗今何在，戏蜂蝶，已惹游人醉。花底卧，忘尘累。

　　注：新疆伊犁新源县现有一处我国最大的原始野杏林，面积3万多亩，是公元14世纪遗留并繁衍至今。

金缕曲·新竹

　　行客山村宿。老屋前、初萌嫩笋，欲张还束。暮雨丝丝油膏润，晓看梢拂绮户。争向上、抽节成簇。干挺枝扬生俊逸，秀清尊，却引群芳妒。新叶翠，沐朝露。

　　青绦碧缕留春驻。叹修篁、移阴夏昼，不秋园圃。落箨斑痕犹沾泪，玉管萧萧似诉。但唤起、心旌飘舞。腕运如椽琅玕笔，汗淋漓，醉墨竹枝赋。家万里，念巴蜀。

金缕曲·雷击木

　　乔木夭折矣。想当年、天择物竞，挺拔谁比。破雾驱云先得日，楚楚峨冠瑰丽。天不测、晴空霹雳。光电千钧横扫过，看峣峣，焚毁平林底。根未烬，土中立。

　　休嗔宇宙无情义。众生灵、荣枯绽谢，瞬间痕迹。只要心芽仍萌动，定会抽出翠碧。万物史、无非经历。北枳南橘循其道，画蛾眉，自有年轮笔。剖断面，见纹理。

　　注：美国加州北部有大片红杉林，巨者高达百米，直径五六米，树龄近千年。其中有雷击木，主干焚毁，根生新枝。

金缕曲·钟乳石

　　溶洞垂钟乳。自天成、尖锥挺秀，犬牙交互。玉笋石芦濡清露，雅态丰姿济楚。探秘境、休闲足步。隧道幽幽光隐现，引前行，犹有琅玕树。寻宝藏，去深处。

　　三劫六难生成苦。叹虚中、慈心铁胆，性拙情笃。冷泪滴滴凝酸钙，一寸千年蓄储。度暗夜、心香一炷。面壁禅修积元气，待出山，练就铮铮骨。登彼岸，己身渡。

　　注：虚中，中国古代对钟乳石的别称。

金缕曲·秦砖

  遗址长凝伫。见铅砖、坚莹似玉，碧青如素。模压沉泥形方正，又入窑炉练骨。千万块、层叠围簇。朔漠排出一字阵，挺身躯，守护金瓯固。风雨雪，历无数。

  残垣断壁堪怀古。叹秦皇、修陵续永，筑城防虏。建造阿房彰权势，摆弄砖石掌股。任垒砌、瑶台神浒。凤阙龙楼隔天日，楚人来，一炬成焦土。留瓦砾，作文物。

金缕曲·瓦当

　　烧土成陶器。置房栊、椽头挂珮，檩端垂璧。千瓣鳞鳞圆珰嵌，装点门楣旖旎。泼水墨、黄梅天气。雨落成花敲玉磬，响泠泠，似诉缠绵意。滴泪眼，梦常忆。

　　屋檐守望千年寂。历沧桑、衣着不整，面容粗砺。幸有图腾云纹饰，镂镲炎黄印记。但阅尽、人间悲喜。昔日王侯堂上物，到如今，散落民宅脊。秦汉月，照墟里。

金缕曲·湖笔

华夏湖州笔。世无双、筠篁作杆，束毫端际。百万毛中一根选，浸拣梳拔缜密。凭造就、非凡抟力。日日消磨犹劲韧，颖如锥，精致无伦比。留笔冢，后人祭。

如椽巨笔抒清气。入毫端、苕溪画卷，卞山题记。妙手临池挥玉管，丘壑于心远寄。赵体字、遒浑飘逸。逆起圆收钗股转，运中锋，泼洒凭随意。文士宝，案头器。

注：湖笔，亦称湖颖，原产地为浙江省湖州市南浔区。著名书法家王羲之、颜真卿等在此为官或寓居；王羲之七世孙释智永居湖州三十余年，将用败的笔头葬之，谓"退笔冢"。赵孟頫生于湖州，晚年隐退乡里，其书法自成一体。

金缕曲 · 徽墨

　　千古徽州墨。任研磨、云笺晕染，砚田融渥。秀色如漆香馥郁，凝淀松烟烬火。又搅拌、梅兰花朵。百炼千锤勤捣杵，塑成型，玉玺柔葱握。稀世品，歙黟做。

　　徜徉翰藻凭回斡。漫洇濡、文人浩气，雅骚魂魄。曲水流觞传玄澹，金榜题名画诺。更粉黛、青蛾一抹。美目神飞频顾盼，步微尘，笑语春风陌。浓淡适，展卓荦。

　　注：徽墨，古徽州（今安徽省歙县、黟县一带）出产，为中国传统制墨工艺中的珍品。有"落纸如漆，万载存真"之说。

金缕曲·宣纸

　　国宝宣州纸。手轻拈、如拨素练，若拂蝶翅。蠹蛀无妨千年寿，棉韧光洁玉质。得地利、能工研制。稻草檀皮悬釜煮，化匀浆，晾晒排鳞次。精湛艺，盛唐始。

　　文明印记堪瞻视。楮先生、书家挚友，雅人清致。醉墨淋漓伏案上，泪染薛笺锦字。任纵笔、悠悠桑梓。宋韵唐风饶蕴蓄，展乌丝、辑录充缃帙。留翰墨，载青史。

　　注：楮先生，中国古代对纸的雅称。薛笺，即薛涛笺，指唐朝女诗人薛涛制作的红色纸笺。乌丝，即乌丝栏，指有墨线格子的笺纸。

金缕曲·端砚

　　传世端州砚。美如莹、清溪水润，宝光余绚。圭璧研磨玄香馥，濡沫毫锥缱绻。又锓刻、流云星汉。方寸之间天地在，细摩挲，掌上乾坤转。绝妙处，在石眼。

　　陶泓蕴秀心花绽。叹畴昔、儒生癖好，帝王垂眷。火捺冰纹循本色，抱璞含真素面。更雅趣、收藏裁鉴。爱砚成痴苏轼甚，赋诗余，又把丹青渲。频洗笔，墨池澹。

　　注：玄香，古代对墨的雅称；毫锥，古代对毛笔的雅称；陶泓、墨池，古代对砚的雅称。石眼，端砚独有的特色，指砚石上长有像鸟兽眼睛的天然花纹。

金缕曲·编钟曲《楚殇》

千古一绝响。奏编钟、惊天动地，遏云掀浪。玉振金声登大雅，凛凛君王气象。十二律、音阶宽广。徵羽宫商凭变调，越千年，犹领新风尚。经典乐，共欣赏。

苍凉古调尤难忘。祭国殇、龙吟痛切，凤鸣悲怆。山鬼凄凄湘灵泣，屈子怀沙怏怏。悼烈士、韶音悲壮。大吕黄钟铿锵曲，绕雕梁，隐隐骚魂荡。荆楚韵，令神往。

金缕曲·对弈

　　邀友闲敲子。占天元、分星四角，抢边托势。中腹屠龙活气眼，虎口劫争鼎峙。谋大场、粘接侵噬。掠地攻城生死战，论雌雄，较量兵家事。河洛数，契天式。

　　余年座隐何酣恣。效先贤、商山四老，烂柯王质。演绎黑白玄妙阵，惯看阴阳造次。置世外、楸枰拈指。方寸之间乾坤转，乐其中，忘却光阴逝。谁胜负，不足齿。

　　注：坐隐、黑白、楸枰，系围棋别称。天元、屠龙、虎口、大场、粘、接、劫，为围棋术语。商山四老用桔中棋仙典故，烂柯王质用樵夫王质沉迷观棋不知斧柄腐烂典故。

金缕曲·赛马

　　一阵狂飙起。马脱缰、疾蹄踏雾，瘦驱添翼。猎猎长鬃凌空舞，滚滚尘埃卷地。骑手健、扬鞭激励。后仰前倾盯项背，驭神骢、逐鹿硝烟里。金鼓震，壮豪气。

　　天生禀性终难易。溯源头、荒原续代，草尖留迹。蒙古旋风吹欧亚，拓土开疆铁骑。进赛场、折腰生计。奋力拼搏夺金榜，纵风光，却违终身意。骐骥跃，志千里。

金缕曲·高山滑雪

　　山顶疾风卷。看飞人、盘旋野径，俯冲林甸。虎跃蛇行急回转，雪板滑翔似箭。翻峭壁、凌空张伞。天使翩翩腾云下，落琼瑶，朵朵梨花绽。姿曼妙，引惊叹。

　　征衣解下仍挥汗。健儿归、轻盈步履，泛红娇面。滚滚激情犹难去，把酒围炉论剑。皓月起、柔柔光灿。满目洁白清虚界，置其间，但觉尘埃远。人自在，最为念。

金缕曲·女子花样滑冰

　　白色精灵舞。展婀娜、轻鸿俊举，逸鸥翔矗。回雪流风光影掠，仙子凌波骋步。浪漫曲、激扬繁促。霜刃穿梭织锦绣，跳胡旋，更有催花鼓。冰场上，任驰骛。

　　深知绚丽藏甘苦。练千回、高难动作，受伤筋骨。放手一搏求完美，天地之间仰俯。汗水淌、滴滴怜楚。生命之花勤浇灌，历严寒，愈显香魂馥。赢奖项，泪如注。

金缕曲·观华夏东极升国旗仪式感怀

　　国庆东极度。占天时、晨曦早现，日出先睹。猎猎旌旗迎风展，冉冉升腾济楚。光彩溢、烟云吞吐。一抹嫣红着底色，漫涸濡，晕染神州妩。齐仰望，绮霞舞。

　　煌煌赤色炎黄属。两千年、贴联贺岁，绾结垂祜。紫气丹心常浸润，塑造铮铮铁骨。更血洒、疆陲邦土。赓续氤氲秦汉气，勒燕然，累累英雄谱。新世纪，愈夺目。

金缕曲·拜谒公安英烈陵园

步入陵园内。正清明、苍松吐翠，早梅含蕾。塞北春迟仍飘雪，落入丘茔化泪。一座座、丰碑结队。手抚铭文追往事，捧鲜花，默诵英雄谏。哀战友，大白酹。

音容历历如重会。忆当年、缉毒暗巷，扫黑腥秽。虎穴擒敌刀尖舞，拼死相搏玉碎。洒碧血、滋濡花卉。利剑尘埋犹呼啸，泛寒光，兀自驱魑魅。民静好，且欣慰。

金缕曲·电影《掬水月在手》观后

　　临水掬明月。望流光、依稀桂影，隐约城阙。寂寞嫦娥应无悔，奋袂寒宫不懈。千万载、痴情难却。苦雨愁云虽扰搅，转圆缺，兀自清辉泻。凭点缀，未央夜。

　　晶莹皎澈洁如雪。照粼粼、蹄湖溢彩，海河荧眸。静水深藏怀沙恨，蚌贝生珠泪液。秋瑟瑟、枯荷摇曳。幸有莲心胚芽绿，续华滋，唤取东君悦。精卫鸟，叫声切。

　　注："幸有莲心胚芽绿，续华滋，唤取东君悦"句，系化用叶嘉莹先生词句，"莲实有心应不死，人生易老梦偏痴。千春犹待发华滋。"

金缕曲·电视剧《觉醒年代》之蔡元培

受命黉门主。敞胸怀、包容万物，逸思驰骛。泰斗横空出学界，一扫千年宿雾。大海阔、江河流注。舟放波心凭纵浪，引潮流，更有千帆舞。

人师世范名实副。育根芽、辛勤打理，尽心呵护。幽暗天空惊雷起，杜宇哀啼怒蹴。冷雨骤、恩荫相助。纵有春红风吹落，幸留得，桃李枝头簇。实累累，满园圃。

金缕曲·电视剧《觉醒年代》之陈独秀

独秀一枝姹。压群芳、直节劲挺，颖拔篱栅。俯仰生姿嫣然笑，岂管周遭恶煞。立峭壁、临风潇洒。不畏严寒传花信，唤东风，但把冰霜化。春草绿，美如画。

一生傲世诚堪讶。气冲天、横绝四海，捭阖华夏。暗夜沉沉鸣号角，唤起骚魂叱咤。恨腐朽、无情鞭挞。火炬熊熊高擎起，引青年，热血皇城洒。先烈祭，捧琼斝。

金缕曲·电视剧《觉醒年代》之李大钊

　　一盏明灯亮。启心扉、凌云健笔，妙文绝唱。熠熠生辉珠玑灿，一扫积年怅惘。夜漫漫、搜寻方向。幽黯玄穹光焰闪，引前行，犹有惊雷响。天幕裂，曙霞漾。

　　燕园鼓筑悲歌亢。点烽烟、黄河怒吼，浦江激荡。辟地开天兴大业，擘画工农建党。赤帜举、心驰神往。碧血一腔浇热土，做先驱，但把鸿基创。播火者，令钦仰。

金缕曲·电视剧《觉醒年代》之鲁迅

一杆投枪锐。掷刀丛、戳开铁壁，刺穿坚垒。奇丽天光划长夜，撕裂凄凄雨晦。叛逆者、狂人言诡。快意恩仇嬉笑骂，著檄文，征讨吃人鬼。真猛士，自无畏。

当头棒喝惊昏睡。救孩童、一声呐喊，振聋发聩。拷问灵魂扪心问，何药能医痹瘓？旧礼教、炎黄心痏。刮骨疗毒沉疴去，欲重生，更待蝉壳蜕。投烈火，涅槃遂。

金缕曲·黄公望

　　旷世丹青笔。绘长幅、钱塘翠岫，富春澄碧。阔水平沙鱼舟荡，独钓深泓箬笠。峰迤逦、氤氲岚气。古木参天青舍掩，有樵夫，坐看闲云起。风景线，画图里。

　　洇濡水墨情思寄。客他乡、临池洗砚，晚年习艺。竹杖芒鞋缘溪走，寻找山川妙谛。大写意、描摹心迹。兰径枫江佝偻影，踽独行，回首烟波泣。犹吐诉，不平意。

　　注：黄公望（1269年—1354年），元代著名画家，有传世长卷《富春山居图》。

金缕曲·悼袁隆平院士

　　杂交水稻之父袁隆平，于 2021 年 5 月 22 日在长沙逝世，享年 91 岁。

　　寄托哀思而作。

　　梅季悲风簌。雨潇潇、田畴渗沥，埂畦滂霂。化鹤神农西天去，五谷盈盈泪目。天柱断、苍穹谁拄？一日三餐关社稷，万家安，赖有千钟粟。星陨落，恨无补。

　　饥贫拯救堪千古。盛名扬、杂交育种，稻泽之父。禾下乘凉织绮梦，热血一腔灌注。祭后稷、丰穰为祝。置案酬恩燃甑釜，米飘香，告慰袁公嘱。金穗秀，吐芳馥。

金缕曲·为夏伯渝登顶珠峰而作

世界之巅险。勇登攀、双足已刖，假肢刚健。越壁爬坡穿裂谷，断腿摩擦血染。钢铁汉、情怀强悍。任尔冰崩风暴阻，但前行，誓把珠峰探。临岳顶，泪光闪。

一生梦想登绝巇。历艰辛、三番未果，古稀犹战。路向于心勤跋涉，不惧时乖运蹇。永向上、征服极限。脚下乾坤凭笑傲，立云端，回首红尘远。思往事，仰天叹。

注：夏伯渝，1949年生于重庆，中国登山家。1975年首次攀登珠峰因冻伤致双小腿截肢，后又三次攀登珠峰遇阻未果。2018年5月14日，依靠双腿假肢终于成功登上珠峰顶。

金缕曲·全红婵

翩若惊鸿舞。看雏鹰、凌空振翅，御风翔翥。十米高台凭腾跃，倩影娇姿悦目。头入水、琪花微吐。完美无暇赢喝彩，获殊荣，奥运金牌主。方豆蔻，质真朴。

孩提受训池中苦。万千回、悬崖起跳，阱渊出入。转体屈膝绝技练，乳燕翻飞昼暮。念抚养、慈乌思哺。收益惟求医母病，秉初心，不把韶光负。南粤女，有侠骨。

注：全红婵，2007 年出生于广东省湛江市。中国国家跳水队女运动员。2021 年 8 月获东京奥运会跳水女子单人 10 米台冠军。

金缕曲·拉奇尼·巴依卡

湖上忽传警。履薄冰、孩童陷溺，即需援应。壮士闻声急赴水，没腹及肩淡定。高举臂、擎托生命。化险为夷人获救，自身沉，剩有粼粼影。波荡漾，泪花迸。

捐躯取义诚堪敬。叹英雄、奔波远域，牧羊云磴。葱岭迢迢留足迹，赖有鹰笛遣兴。帕米尔、雄鹰豪骋。百里秋毫星眸瞥，守家园，猛气犹英挺。石上勒，永彪炳。

注：拉奇尼·巴依卡，新疆维吾尔自治区塔什库尔干塔吉克自治县提孜那甫乡牧民，2021年1月4日因抢救落水儿童英勇牺牲，年仅41岁。生前曾于2020年10月获"全国爱国拥军模范"荣誉称号，同年11月，获"全国劳动模范"荣誉称号。

金缕曲·探春

　　末世侯门女。秉才情、精明干练，敏达钟毓。诗社初结蕉下客，酬唱吟哦雅趣。善治事、裙钗别具。协理家间除宿弊，解纷争，善用公平律。长袖舞，百端举。

　　明知大厦倾难驭。志匡扶、惶惶战战，宛如冰履。一计掌掴杀气见，切齿族阀龃龉。更洞鉴、深谋长虑。海上三千风雨路，躲尘劫，且把青春许。平寇后，省亲旅。

　　注：探春，《红楼梦》中人物。荣国府贾政与妾室赵姨娘所生女儿。她工诗善书，发起建立海棠诗社，名号蕉下客。她精明能干，曾代凤姐理家，主持大观园改革。后远嫁镇海统制周家，躲过抄家一劫。

金缕曲·妙玉

　　宦女曾娇宠。遁空门、修行带发，雅洁清迥。煮雪烹茶脱俗骨，诗若庄周款纵。处静室、偷闲拨冗。遥叩芳辰笺简寄，辨琴音，弦断慈怀悚。金玉质，异侪众。

　　终须一个馒头冢。悟三生、青灯打坐，梵经披诵。身在红尘门槛外，依旧凡心躁动。最苦恼、七情难控。栊翠庵中梅绽放，任攀折，漫尔天香送。遭虏掠，切肤痛。

　　注：妙玉，《红楼梦》中人物，自称槛外人，取自范成大诗句"纵有千年铁门槛，终须一个馒头冢"。

金缕曲·晴雯

　　身世无从考。俏丫鬟、风流隽秀，逸姿夭袅。春睡捧心生妩媚，病补金裘献巧。撕画扇、千金一笑。公子多情能白璧，守天真，如是红颜少。身下贱，性桀骜。

　　刚直任性招人恼。受谣诼、蛾眉玷辱，芰荷枯槁。奄奄一息遭驱遣，豆蔻年华殛耗。雯盖散、飘忽冥昊。羽化成仙司瑶草，引痴人，饮泣芙蓉悼。花解语，好须了。

　　注：晴雯，《红楼梦》中人物，贾宝玉房里的丫鬟。其判词中有"心比天高，身为下贱，风流灵巧招人怨"句。

金缕曲 · 柳如是

　　柔弱章台柳。傲寒风、霜条弄影，细腰舒袖。落叶飘零题诗在，冷韵幽幽妙手。烟浪卷、犹持操守。软雾娇尘回泪眼，待黄昏，但把梅魂候。湖上草，共昏昼。

　　春风袅娜江南秀。绛云楼、绸缪鼓瑟，遣怀红豆。濡墨吮毫红笺上，点染芳思万绪。世事变、蛾眉凝皱。复楚沉湘铮铮骨，挽丝绦，结项终夭寿。豪壮气，上牛斗。

　　注：柳如是（1618 年 — 1664 年），秦淮八艳之一。1638 年，结识明朝礼部侍郎、大才子钱谦益，嫁为侧室，居绛云楼，与钱多有诗词唱和。存有诗集《湖上草》。

金缕曲·李香君

　　春到秦淮岸。媚香楼、窗竹影倩，锦琴声婉。才子佳人缠绵夜，彩笺题诗浪漫。天叵测、风云多变。以死相争头撞案，拒逼婚，血溅桃花扇。贞烈女，性刚謇。

　　红颜命舛诚堪叹。堕烟花、为人仗义，不失闺范。广众直言责无道，易水高歌泪眼。遇乱世、生灵涂炭。不效须眉趋炎势，守洁身，愤把青丝断。甘入道，了尘念。

　　注：李香君（1624年—1654年），秦淮八艳之一。幼因家道败落，入"媚香楼"习艺。1639年，结识复社领袖侯方域，从此演绎了一个可歌可泣的爱情故事。清代文学家孔尚任据此创作了剧本《桃花扇》。

金缕曲·董小宛

　　一朵青莲雅。立婷婷、植根淖沼，溢香闺阃。沦落秦淮枝犹挺，碧叶绯花娬媚。扬个性、激情挥洒。水绘园中滋雨露，沐骄阳，愈显花开姹。生丽质，不能罢。

　　硝烟四起秋风飒。恨流离、蛮夷浦漓，僻乡沟汊。连理频遭沉疴扰，呵护殷勤苦煞。尽妇道、积劳身垮。玉陨香消随波去，自由魂，荡漾诗书画。翻史页，有佳话。

　　注：董小宛（1623年—1651年），字青莲，秦淮八艳之一。1639年，结识复社名士冒辟疆，嫁为妾，居水绘园，工诗书画。明亡后随冒家逃难，照顾患病丈夫，劳累过度去世。

金缕曲·陈圆圆

楚楚姑苏女。启樱唇、莺啼杳渺，凤鸣寰宇。冉冉盈盈云出岫，倾倒门阀贵倨。传爱恨、多情商羽。风月消磨闺阁梦，弄琴筝，唱彻阳关曲。遭掳掠，泪如雨。

崎岖辇路轻声吁。叹沉浮、蛾眉紧蹙，玉容愁沮。你抢他夺成玩物，颠沛流离苦旅。几易主、人生悲剧。逐鹿英雄实无奈，用红颜，换取江山驭。究祸水，自当恶。

注：陈圆圆（1623 年 — 1695 年），秦淮八艳之一。幼居苏州桃花坞，隶籍梨园。崇祯末年被外戚田畹劫掠，转送吴三桂为妾，后被李自成部将刘宗敏所占。吴"冲冠一怒为红颜"，引清兵入关，复夺回陈圆圆。寿终云南。

金缕曲·顾横波

篱下兰花媚。透幽香、芜丛隐萼，绿阴藏蕊。淡雅娇妍清芬绽，别有风流婀娜。移阆苑、蓬勃生魅。瘦叶柔枝摇翠缕，似天仙，月下风牵袂。身自好，不堪秽。

冷雨潇潇心忧惴。倚眉楼、投身废井，守节余暑。易逝韶华如流水，变色山河溅泪。授诰命、一品嘉卉。馨馥氤氲人频顾，纵光鲜，却把名声毁。嗟命舛，玉尊酹。

注：顾横波（1618年—1664年），秦淮八艳之一。善南曲，工书画。17岁时所画《兰花图》，今藏故宫博物院。1641年顾嫁江左才子龚鼎孳，居眉楼。李自成攻入北京，顾与龚投井未死，被俘降清。龚封礼部尚书，顾封一品夫人。

金缕曲·卞玉京

　　绝代风华女。悫痴情、一生守望，死生相许。泪洒红笺一厢愿，未换些微悯恤。尘世恶、檀郎难遇。草率成婚偷换柱，设机关，脱壳金蝉去。歧路险，且容与。

　　硝烟四起何方寓？遁空门、长斋履戒，隐修寥阒。道士衣冠风流掩，乱世偷安悚惧。守侧室、中规中矩。刺破舌尖抄经典，历三年，血字莲华律。驱冷寂，寸心煦。

　　注：卞玉京（1623年—1665年），秦淮八艳之一。幼年家败落，秦淮卖艺，遇江左才子吴梅村，心许之，未如愿。后允婚世家子弟，却将侍女进奉离去。为避战乱，改道士装，遁入空门。余年为谢良医郑保御悉心照料，刺舌血，用三年时间为其抄写一部《法华经》。

金缕曲·马湘兰

一朵孤兰婉。附藩篱、含薰掩色，静姿凝澹。素处芜丛枝独秀，饮露餐风凤愿。空对景、无求无怨。细雨清寒春已暮，断红湿，嗟叹韶华短。芳自赏，不争艳。

花中君子幽馨远。近楼台、轩竹抚瑟，水湄濯砚。雅韵习习文心动，纨扇题图墨染。意未尽、忧思难遣。夜月青灯吟骚赋，绕雕梁，似有香魂返。邀共语，翠眉展。

注：马湘兰（1548年—1604年），秦淮八艳之一。筑雅居幽兰馆，与江左才子王稚登交谊甚笃。明末著名女诗人、画家。著有诗集《湘兰集》和剧本《三生传》。所绘《墨兰图》现藏日本东京博物馆。

金缕曲·寇白门

　　原是娼家子。性豪侠、天姿妩媚，纵情骄恣。有幸从良逃烟巷，又被爵门困滞。天骤变、夫为人质。月进千金操旧业，罪虽赎，却把婚姻褫。铩羽返，待梳栉。

　　沉沦岁月无休止。欲重生、追求挚爱，不虚时日。墨客趋炎寻欢谑，翠袖斑斑泪渍。龌龊地、人伦失秩。孽海脱身茫茫路，苦挣扎，棺盖心难死。灵鹊起，绕桑梓。

　　注：寇白门（1624年—？）秦淮八艳之一。性侠义，能吟诗度曲。18岁时嫁明朝保国公朱国弼。清兵入关，朱降，旋被软禁。寇复入青楼，"月进万金报公"。朱得赎而婚姻破。寇回到秦淮，欲寻真爱无果。

金缕曲·小吃街

宵夜重新启。小吃街、烟飞树杪，热腾楼隙。煎炒烹炸熏烘烤，荟萃中西料理。各展示、真传绝技。更有招牌锅包肉，脆香酥，过眼津涎溢。食乃性，不由己。

生活色彩须闲笔。伴朝夕、油盐酱醋，酒茶柴米。市井嘈杂门庭扰，却使心灵小憩。灶火闪、人间生气。月影婆娑围炉坐，熨舌尖，最是温馨忆。寻旧梦，老巷里。

金缕曲·群力湿地栈道

　　湿地观光路。任徜徉、香茵丽水，锦鳞凫鹭。万顷滩涂镶翡翠，沟汊青葱苇蒲。木栈道、连接汀渚。踏赏捷足登陌上，未沾尘，便把奇绝睹。持杖履，沼泽渡。

　　蜿蜒逶宕通幽处。似人生、盈缩进退，显扬收束。九转回肠踌躇久，风雨廊桥小驻。另辟径、逍遥独步。求索酌思凭驰骋，有心得，且伴芊芊舞。犹未尽，作归赋。

金缕曲·镜泊湖冰瀑

风卷烟波冷。锁石潭、崖悬玉笋，壁垂琅磬。帘幕森森流苏坠，淞雾迷蒙涧井。冰瀑布、天成奇景。宛若将军银甲挂，倚长天，仗剑抒豪兴。足踏处，雪逾胫。

幽溟湛澈千秋镜。鉴畴昔、营防故迹，戍台残影。吊水渐渐封冻早，维系征人旧梦。到腊冽、沧波凝静。暂且蛰眠生力养，待春来，再现蛟龙猛。渊底跃，浪飞迸。

注：镜泊湖瀑布又称吊水楼瀑布，位于黑龙江省宁安市西南部。严冬时节，可形成幅宽100余米、高度20余米、厚达2米的冰瀑，冰瀑下的黑龙潭水深约60米，因有温泉，常年不结冰。

金缕曲 · 游宁安大石桥感流人

清代龙兴处。古石桥、连接驿站，贯通谪路。遣戍遗痕今仍在，辙印舟车往复。应见惯、河滨折蒲。儿女别离家万里，倚阑干，零泪征衫潊。流放地，觅归宿。

天仙尚且七夕顾。叹人间、鸿沟可越，苦寒难度。幸有骚魂长激荡，绝塞犹吟李杜。用健笔、抒发积愫。唱和酬答结诗社，草蛮笺，但把风情录。文藻绮，现边土。

注：宁安大石桥建于后金天聪八年（1634年），位于黑龙江省宁安市城西。清康熙元年（1662年）置宁古塔将军，治所（旧城）在今黑龙江省海林市。康熙五年（1666年），迁建新城，即今黑龙江省宁安市。宁古塔地区在清代是主要流放地之一，流人中不乏江南才子，如张缙彦、吴兆骞、方拱乾等。他们在流放期间创作了大量反映塞外生活的诗词作品。

金缕曲·上京龙泉府故城遗址

关外寻陈迹。故王城、荆榛满目，断垣残壁。重殿基石如棋布，古井无波邃寂。寺院毁，石幢完璧。宝塔玲珑昭梵境，伴毗卢，千载巍然立。应阅尽，众悲喜。

当年赫赫封疆吏。镇东陲、通辖陆海，腹心之寄。典制习俗依汉律，文轨攸同默契。世势变、辽金崛起。凤阙龙楼成焦土，幸留得，华夏云纹陛。犹显现，盛唐气。

注：上京龙泉府故城遗址，位于黑龙江省宁安市东京城。是我国唐代东北地方政权—渤海国（698年—926年）的都城。现遗存内外城墙（残留）、五重殿基、八宝琉璃井、石幢等。

金缕曲·贾湖骨笛

　　龙管埋遗冢。慎发掘、一朝破土，世人欢踊。拂去尘封泥万载，尚可钧吹律动。篆肇始、先声堪颂。神器清泠开混沌，叹炎黄，从此韶音咏。悠邈曲，奏三弄。

　　时空跨越心沉重。正洪荒、高空翅断，鹤群哀恸。华夏先民截尺骨，钻孔通膛妙用。乐调起、悲鸣传送。怨柳羌笛犹在耳，更长亭，吹彻怀沙痛。抒感喟，患忧共。

　　注：贾湖骨笛，20世纪80年代在河南舞阳县贾湖村新石器时代早期遗址中，先后共发掘出土骨笛30余支，经测定，系用鹤类肢骨制成，距今已有8000多年历史，为世界上发现最早的管乐器。

金缕曲·成都永陵二十四乐伎

穹拱王陵阒。刻棺床、婀娜舞伎，弄姿商女。怀抱琵琶唇横管，纤手轻拨曼举。善解意、多情角羽。一代枭雄沉溺久，伴长眠，犹有黄钟吕。逢挚爱，死生许。

今朝再现唐朝曲。尽还原、宫廷雅乐，蜀国钟毓。激越铿锵鸣天籁，划破空灵玉宇。又奏响、霓裳旋律。重按笙箫歌不断，绕雕梁，袅袅音如缕。玄妙处，有知语。

注：成都永陵系五代前蜀主王建墓。墓室棺床三面刻有乐伎二十四人，演奏琵琶、筝、笙、笛、钹、鼓等二十种乐器，是一完整的宫廷乐队。近年，有关专家复原了墓中古乐器和唐代乐曲进行展演。

金缕曲·阳关遗址

关隘通西域。扼山川、祁连拱卫，陇头蟠踞。烽燧斑驳孤峻峙，演绎炎黄物语。更古董、人人称许。断剑残戈埋瓦砾，被发掘，犹有寒光煜。临故垒，引幽绪。

回肠荡气阳关曲。奏三叠、长别婉切，远征匆遽。繁管急弦催泪下，伤感骚人怨句。旧月色、依然明煦。皓夜遥闻环珮响，觅梅魂，默契神仙侣。抬望眼，大荒绿。

金缕曲·老黑山

　　一座孤峰峻。展雄姿、腰身挺秀，顶巅光晕。铁马嘶风驰疆场，瀚海嶙峋脚印。求至美、天公勤奋。鬼斧雕出绝妙景，引八方，羽盖朝发轫。临此境，始方信。

　　奇观远眺心灵震。叹当年、天翻地覆，土崩石陨。厚幔重重尘封久，霹雳一声爆烬。热浪涌、熔岩霆愤。浴火重生圆锥兀，历沧桑，更有迷人韵。千古事，变则进。

　　注：老黑山，位于黑龙江省五大连池风景区。1719年至1721年先后六次喷发，火山地貌保存完整，是我国典型火山之一。

金缕曲·虎跳峡

　　激水逢峡束。更无羁、惊湍涌聚，荡击幽谷。突兀巨岩江心卧，迸溅浪花簇簇。长啸吼、涛声惶怖。铁骑腾奔呼啸过，破石门，卷起千重雾。东入海，势无阻。

　　遥遥两岸何能渡？古传说、坚磬借力，跃波飞虎。天堑隔绝难来往，惟有羊肠俯步。茶马道、驼铃催促。露宿风餐蓝缕客，勇前行，不负人生路。抬望眼，玉龙舞。

金缕曲·细沙灯塔

　　古塔狂澜锁。立礁滩、熔岩垒砌，朴拙轩豁。基座浑圆身方正，端顶石雕蜡火。凭瞩览、潮生潮落。万里归帆行暗夜，有明灯，指引栖泊所。家在望，稳操舵。

　　时光老叟悠然坐。漫赢得、涛声两耳，落霞一抹。千载风尘浑不扫，专意结缘海若。镇水患、防绝淹没。沥胆披肝桑梓护，佑平安，世代无穷祚。赓续永，股肱佐。

　　注：细沙灯塔位于海南省儋州市峨蔓镇，为明代所建，系海南省文物保护单位。

金缕曲·半月湾

　　青岫拥澄澹。港湾中、滩敷玉粉，渚镶银钻。几朵白云轻拂过，引惹栖鸥翼展。闲度假、携行结伴。弄桨驱帆清泚上，任顽童，跳踏飞花溅。沧浪水，洗缨冕。

　　扁舟一叶悄归岸。沐夕阳、斑驳短棹，浸痕犹见。雨打风吹漂泊久，幸有歇息驿站。日月转、潮来潮返。缱绻洄流漩洑荡，诉沧桑，阵阵涛声婉。头枕海，寝安恬。

后　记

　　拙作《飞花弄晚》问世后，没想到社会反响还不错。不少读者出于对我的垂怜和偏爱，不吝溢美之词。虽多属谬赞，但确使我收获了幸福和快乐，受到了激励和鞭策，增强了成就感和自信心。于是乎，便"老夫聊发少年狂"，尝试用一种词牌创作，三年时间填了《金缕曲》百余阕。自认为与前相比，更好地把握了词的美感特质，题材有所扩展，意境亦有开拓，遂生发了再辑集之念。南开大学法语系教授、资深翻译家、我国著名符号学研究专家、作家怀宇先生，不畏酷暑，在百忙之中为本书作序。不仅竭力发掘拙作中不易被人察觉的亮点，更为难得的是运用西方文艺学的符号学理论，对词中不甚明显的语言符号和文化符码大加宣扬，实令我诚惶诚恐受宠若惊。

南开大学外国语学院翻译系主任、中国英汉语比较研究会典藉英译专业委员会副会长、著名诗人张智中教授，用散文笔法、英诗韵律，将一阕献给叶嘉莹先生的金缕曲《电影〈掬水月在手〉观后》译成英文，生动传神而又不失信雅，为本书增色不少，也是他为中华古典诗词国际化所做出的一番努力。还有很多专业人员和亲朋好友，为本书的编辑出版做了大量默默无闻却十分有益的工作，给予我莫大的支持和帮助。在词作付梓之际，一并表示由衷的谢意！